Henri Meilhac, Ludovic Halévy

L'été de la Saint-Martin

Comédie en un acte, en prose

Antigonos

Henri Meilhac, Ludovic Halévy

L'été de la Saint-Martin

Comédie en un acte, en prose

Réimpression inchangée de l'édition originale de 1874.

1ère édition 2024 | ISBN: 978-3-38666-358-8

Antigonos Verlag est une marque de Outlook Verlagsgesellschaft mbH.

Verlag (Éditeur): Outlook Verlag GmbH, Zeilweg 44, 60439 Frankfurt, Deutschland
Vertretungsberechtigt (Représentant autorisé): E. Roepke, Zeilweg 44, 60439 Frankfurt, Deutschland
Druck (Imprimerie): Libri Plureos GmbH, Friedensallee 273, 22763 Hamburg, Deutschland

L'ÉTÉ
DE LA SAINT-MARTIN

COMÉDIE

EN UN ACTE, EN PROSE

PAR

HENRY MEILHAC ET LUDOVIC HALÉVY

DEUXIÈME ÉDITION

PARIS

MICHEL LÉVY FRÈRES, ÉDITEURS

RUE AUBER, 3, PLACE DE L'OPÉRA

LIBRAIRIE NOUVELLE

BOULEVARD DES ITALIENS, 15, AU COIN DE LA RUE DE GRAMMONT

1874

PERSONNAGES

BRIQUEVILLE. . . . . MM. Thiron.
NOEL. . . . . Pierre Berton.
ADRIENNE. . . . . Mmes Croizette.
MADAME LEBRETON . . . . : . . . . Jouassain.

Au château de Briqueville dans les environs de Tours.
— De nos jours. —

L'ÉTÉ
DE LA SAINT-MARTIN

Un petit salon au rez-de-chaussée. — Au fond, grande porte donnant sur une terrasse ; cette porte reste ouverte pendant toute la durée de la pièce ; portes intérieures à droite et à gauche ; contre le mur de gauche un petit guéridon ; en scène, un peu vers la gauche, une table ; à gauche de cette table un grand fauteuil pour Briqueville, à droite une chaise pour Adrienne. — A droite, au premier plan, une petite table.

SCÈNE PREMIÈRE

BRIQUEVILLE, ADRIENNE, MADAME LEBRETON.

Au lever du rideau, Adrienne, assise à droite de la table, continue une lecture à haute voix ; Briqueville, bien commodément et paresseusement enfoncé dans son fauteuil, ne quitte pas des yeux, un seul instant, Adrienne. Madame Lebreton est occupée à préparer le café sur le petit guéridon de gauche.

ADRIENNE, lisant. [*]

» D'Artagnan était vainqueur, sans beaucoup de peine, il
» faut le dire, car un seul des alguazils était armé ; encore
» se défendit-il pour la forme. Il est vrai que les trois autres
» avaient essayé d'assommer le jeune homme avec les chaises,

[*] Madame Lebreton, Briqueville, Adrienne.

» les tabourets, et les poteries, mais deux ou trois égrati-
» gnures faites par la flamberge du gascon les avaient épou-
» vantés. Dix minutes avaient suffi à leur défaite. D'Artagnan
» était resté maître du champ de bataille.

BRIQUEVILLE.

Et?...

ADRIENNE.

Et c'est fini.

BRIQUEVILLE.

Comment, c'est?....

ADRIENNE.

Le premier volume finit là, mais il y en a un second...

BRIQUEVILLE.

A la bonne heure.

ADRIENNE, se levant.

Je vais le chercher...

BRIQUEVILLE, se levant aussi.

Par exemple!.. je ne permettrai pas que vous vous don-
niez la peine...

ADRIENNE.

Monsieur...

BRIQUEVILLE.

C'est moi qui irai...

ADRIENNE, l'arrêtant.

Monsieur... je vous en prie, monsieur.. ma tante me
gronderait, n'est-ce pas, ma tante? (Madame Lebreton ne répond pas.)
Ma tante!..

MADAME LEBRETON.

Hé?...

ADRIENNE.

N'est-ce pas que tu me gronderais si je souffrais que
monsieur....

MADAME LEBRETON.

Certainement je vous... je te gronderais.... je te gronderais
très-fort..

ADRIENNE, à Briqueville.

Vous entendez.. (Madame Lebreton vient verser le café. *) Remettez-vous là.. (Elle le force doucement à se rasseoir.) Vous allez prendre votre café, bien tranquillement, bien gentiment... Je vais, moi, aller chercher ce second volume... et je me dépêcherai pour ne pas vous faire trop attendre la suite des aventures du chevalier d'Artagnan.

BRIQUEVILLE.

Mais vous ne savez pas où il est, ce second volume..

ADRIENNE.

Dans la bibliothèque, sur la planche d'en haut.

BRIQUEVILLE.

Jamais vous ne pourrez atteindre...

ADRIENNE.

Je monterai sur une chaise..

BRIQUEVILLE.

N'allez pas tomber au moins, n'allez pas vous faire de mal.

ADRIENNE, se dirigeant vers la porte de droite.

N'ayez pas peur.

BRIQUEVILLE.

Prenez bien garde. (La suivant des yeux jusqu'à ce qu'elle soit sortie.) Ah!

SCÈNE II

BRIQUEVILLE, MADAME LEBRETON.

BRIQUEVILLE, assis. **

Mais qu'est-ce que c'est que cette nièce-là, à la fin, madame Lebreton ?

* Briqueville, madame Lebreton, Adrienne.
** Briqueville, madame Lebreton.

MADAME LEBRETON, descendant en scène.

Monsieur...

BRIQUEVILLE.

Qu'est-ce que c'est que cette nièce?...

MADAME LEBRETON.

C'est ma nièce, monsieur...

BRIQUEVILLE, prenant son café.

Comment se fait-il que jamais vous ne m'ayez parlé d'elle?...

MADAME LEBRETON.

Je ne fais que cela depuis quinze jours...

BRIQUEVILLE.

Oui, mais, avant ces quinze jours, jamais vous ne m'aviez dit un mot....

MADAME LEBRETON.

C'est que jamais vous n'aviez pris la peine de vous informer... je ne suis point fâchée de glisser cela en passant... Voilà vingt ans que je suis au service de monsieur, et pas une seule fois, pendant ces vingt ans, pas une seule fois, monsieur ne m'avait fait l'honneur de me demander des nouvelles de ma famille... mais vous vous êtes joliment rattrapé depuis que mademoiselle ma nièce a mis le pied dans cette maison. Ça a été tous les jours des questions nouvelles. D'où vient-elle votre nièce? Où va-t-elle? Qu'est-ce qu'elle fait? Qu'est-ce qu'elle a fait? Qu'est-ce qu'elle va faire? Je croyais avoir suffisamment répondu; mais puisque vous avez, à ce qu'il paraît, oublié ce que je vous ai dit, je ne demande pas mieux que de recommencer....

BRIQUEVILLE, se levant.

Eh non, madame Lebreton, je n'ai pas oublié ce que vous m'avez dit... Vous m'avez dit que vous aviez un frère...

MADAME LEBRETON.

Certainement, j'en ai un...

BRIQUEVILLE.

Que ce frère, horloger de son état, s'était expatrié;

qu'il était allé s'établir en Amérique, à Philadelphie...

MADAME LEBRETON.

Philadelphie, c'est bien cela.

BRIQUEVILLE.

Qu'il s'y était marié; qu'il avait eu une fille...

MADAME LEBRETON.

Une fille qui est ma nièce... ma nièce qui était là tout à l'heure. Elle est ma nièce, puisqu'elle est la fille de mon frère.

BRIQUEVILLE.

Assurément. Vous m'avez dit qu'elle avait reçu une très-belle éducation; qu'elle était entrée comme gouvernante dans une famille américaine; que cette famille américaine ayant fait un voyage en France, votre nièce avait profité de l'occasion pour venir passer quelques jours près de vous; qu'elle était arrivée à Paris, il y a environ trois semaines; que là on lui avait dit que vous étiez ici, en Touraine, avec moi, et qu'alors elle était venue vous rejoindre en Touraine... C'est bien cela, n'est-ce pas? c'est bien là ce que vous m'avez dit.

MADAME LEBRETON.

Sans doute...

BRIQUEVILLE.

Eh bien...

MADAME LEBRETON.

Eh bien quoi?

BRIQUEVILLE.

Eh bien... je ne sais pas, moi... il me semble qu'il doit y avoir autre chose...

MADAME LEBRETON.

Et quoi donc, s'il vous plaît?

BRIQUEVILLE.

Je ne sais pas... mais en la regardant, en l'écoutant... ce que vous m'avez dit n'explique pas du tout cette singularité qui est en elle, ni cette grâce incomparable...

MADAME LEBRETON.

Ah ! vous trouvez qu'elle a ?..

BRIQUEVILLE.

Oui.

MADAME LEBRETON.

C'est qu'elle tient de sa tante, monsieur !

BRIQUEVILLE.

Oh !...

MADAME LEBRETON.

Voilà l'explication.

Elle va reprendre sur la table le plateau qu'elle y a apporté.

BRIQUEVILLE.

C'en est une, en effet... cependant... enfin, ce qui est sûr, c'est que vous avez pour nièce une des plus délicieuses petites personnes que j'aie jamais rencontrées...

Rentre Adrienne par la droite, un livre à la main.

SCÈNE III

LES MÊMES, ADRIENNE.

ADRIENNE, montrant le livre.

Je l'ai trouvé !..

MADAME LEBRETON, à Briqueville. *

Et vous n'avez plus rien à me demander ?..

BRIQUEVILLE.

Non, madame Lebreton, plus rien...

MADAME LEBRETON.

Je m'en vais alors... (Revenant sur ses pas.) Mais, vous savez, si ça vous amuse que je le redise encore une fois... j'ai un frère ; ce frère est allé s'établir en Amérique, à Pondichéry...

* Briqueville, madame Lebreton, Adrienne.

BRIQUEVILLE.

Vous dites ?

ADRIENNE.

Eh non... ma tante... pas à Pondichéry... à Philadelphie, ma tante, à Philadelphie.

MADAME LEBRETON.

Oui... oui... C'est juste. (A Briqneville.) Qu'est-ce que vous voulez?.. c'est votre faute, à force de répéter les choses on finit par les oublier...

Elle sort par la gauche en emportant le plateau.

SCÈNE IV

ADRIENNE, BRIQUEVILLE.

Briqneville s'installe dans son fauteuil sans cesser de regarder Adrienne. Celle-ci s'assied à la place qu'elle occupait au lever du rideau. — Petit moment de silence.

ADRIENNE.

Là... êtes-vous bien?..

BRIQUEVILLE. *

Oh ! oui.. je suis bien.

ADRIENNE, ouvrant le livre et commençant à lire.

Deuxième volume. Chapitre premier. D'Artagnan resté seul avec madame Bonacieux...

BRIQUEVILLE, s'enfonçant dans son fauteuil.

Tout à fait bien...

ADRIENNE, reprenant.

D'Artagnan resté seul...

BRIQUEVILLE, interrompant encore.

Tout à fait... tout à fait.... je ne saurais trop le dire, ni

---

* Briqueville, Adrienne.

trop vous remercier ; car si je suis aussi bien que cela, c'est à vous que je le dois.

ADRIENNE.

Oh ! à moi....

BRIQUEVILLE.

Oui, oui, à vous,....

ADRIENNE.

S'il en est ainsi, je suis bien aise d'être venue voir ma tante. (Reprenant.) D'Artagnan resté seul avec...

BRIQUEVILLE, Interrompant encore.

Et certainement si, il y a deux mois, le jour où je suis arrivé ici, quelqu'un m'avait annoncé que je serais aujourd'hui d'aussi joyeuse humeur, j'aurais répondu à ce quelqu'un qu'il ne savait pas ce qu'il disait ; car je n'étais pas gai, allez, le jour où je suis arrivé ici, je n'étais pas gai du tout. Un neveu à moi.... j'ai un neveu.... un garçon que j'adorais autant que le père le plus tendre a jamais adoré son fils... Eh bien ! il venait de se conduire avec moi d'une façon indigne, il avait payé mon affection de la plus noire ingratitude.

ADRIENNE.

Oh !

BRIQUEVILLE.

Il avait fait un mariage scandaleux !

ADRIENNE.

Scandaleux !..

BRIQUEVILLE,

Absolument. A cause de ce mariage, je me trouvais brouillé avec tous les miens, forcé de fuir Paris et de venir ici cacher ma honte et ma colère. (Se levant.) Aussi j'étais dans un état d'exaspération... à ce point que, lorsque votre tante est venue me demander la permission de disposer d'une chambre pour y loger certaine nièce qui lui arrivait d'Amérique, je l'ai d'abord assez mal reçue, votre tante...

ADRIENNE, se levant.

Oui, elle m'a dit....

BRIQUEVILLE.

Et tout ce que la pauvre femme a pu obtenir de moi, ç'a été
de tolérer votre présence dans la maison, à condition que jamais je ne vous rencontrerais...

ADRIENNE, allant vers la droite.

J'avais une peur, je me sauvais bien vite dès que je vous
apercevais....

BRIQUEVILLE, regardant Adrienne qui s'est éloignée de lui.

Malgré tout, un jour, nous nous sommes trouvés l'un en
face de l'autre, dans un couloir...

ADRIENNE.

Ce n'était pas ma faute !..

BRIQUEVILLE.

J'en suis bien sûr... mais enfin nous nous sommes trouvés
l'un en face de l'autre... et il a bien fallu vous regarder...

ADRIENNE.

Hélas !

BRIQUEVILLE, se rapprochant un peu d'Adrienne.

Je vous ai regardée... et ma foi, je vous ai trouvée très-
gentille...

ADRIENNE.

Et ma foi... vous n'avez pas eu tort...

Elle se rapproche de Briqueville.

BRIQUEVILLE.

Une heure plus tard, quand madame Lebreton est entrée
pour m'apporter mon café, vous êtes entrée derrière elle...

ADRIENNE, s'approchant tont à fait de Briqueville.

Je portais le sucrier, moi...

BRIQUEVILLE.

Oui... Et il a été sucré, ce soir-là, mon café, car, pour vous
voir de plus près, pendant plus longtemps, j'ai pris dans le
sucrier, je ne sais combien de morceaux... Et puis nous
avons causé, et je me suis aperçu que vous étiez pour le
moins aussi agréable à entendre qu'à regarder... je vous ai

1.

demandé si, par hasard, vous ne sauriez pas jouer au piquet,
vous m'avez répondu que vous mouriez d'ennui le soir, quand
vous n'aviez pas trouvé à faire une demi-douzaine de par-
ties... Je vous ai demandé si cela ne vous fatiguerait pas de
me lire tous les romans d'Alexandre Dumas, vous m'avez
répondu que cela ne vous fatiguerait pas du tout, et que vous
y prendriez un plaisir extrême. Voilà comment, après avoir dé-
claré que je ne voulais pas vous voir, je suis arrivé à ne
pouvoir me passer de vous, et comment vous êtes arrivée,
vous, à faire de ces quinze derniers jours les jours les plus
heureux peut-être que j'aie passés de ma vie.

ADRIENNE.

Est-ce vrai? je voudrais que ce fût absolument vrai...

BRIQUEVILLE.

C'est absolument vrai, mais pourquoi voudriez-vous?

ADRIENNE.

Parce qu'on pourrait alors supposer que cette grosse colère commence à se calmer...

BRIQUEVILLE.

Quelle grosse colère?

ADRIENNE.

Contre votre neveu...

BRIQUEVILLE.

Ah! quant à cela!

ADRIENNE.

Quant à cela?

BRIQUEVILLE.

Quant à cela, non! Ma colère contre lui est toujours la
même. (Allant se rasseoir et se renfonçant dans son fauteuil.) Ne parlons
pas de lui. (Adrienne va reprendre sa place près de la table. Briqueville la
regarde en souriant et murmure :) « D'Artagnan resté seul avec madame Bonacieux... »

ADRIENNE, relevant la tête, après l'avoir penchée comme si elle allait se
remettre à lire.

Vous êtes bon cependant?.....

BRIQUEVILLE.

Oui, je suis bon, très-bon, mais ma bonté ne va pas jusqu'à pardonner ce qui est indigne de pardon.

ADRIENNE.

Et ce que votre neveu a fait, il y a deux mois, est indigne de pardon?...

BRIQUEVILLE.

Oui...

ADRIENNE.

Ah!

BRIQUEVILLE.

Figurez-vous... ça ne vous ennuie pas, au moins, que je vous parle de mes chagrins...

ADRIENNE.

Non, non, ça ne m'ennuie pas du tout...

BRIQUEVILLE.

Eh bien, figurez-vous... j'avais arrangé pour lui un mariage superbe, de vieux amis à nous, une jeune personne charmante...

ADRIENNE.

Elle était?..

BRIQUEVILLE.

Elle était charmante... pas mal d'argent, très-grande famille... tout était bien convenu, on devait signer le contrat le lendemain... Je reçois une lettre de mon neveu, il était désespéré, me disait-il dans cette lettre, mais pour rien au monde il ne consentirait à épouser Marguerite... elle se nommait Marguerite... Voilà ce qu'il m'écrivait... vingt-quatre heures avant la signature du contrat!.. Et si encore il m'avait donné une raison; s'il m'avait dit qu'au dernier moment le mariage lui avait fait une telle peur... j'aurais compris, mais pas du tout, le mariage ne lui faisait pas peur; il n'épousait pas Marguerite, tout simplement parce qu'il avait envie d'en épouser une autre...

ADRIENNE.

Ah!..

BRIQUEVILLE, se levant et avec violence en frappant de la mainsur la table.

Et qui épousait-il? qui?.. je vous le demande?

ADRIENNE, se reculant un peu.

Je ne sais pas, moi...

BRIQUEVILLE, avec éclat.

La fille d'un tapissier!.. la fille d'un méchant petit tapissier de rien du tout!..

ADRIENNE.

Oh!

BRIQUEVILLE.

Et n'a-t-il pas eu l'aplomb de m'écrire que je lui pardonnerais le jour, où j'aurais vu sa femme... Vous devinez que ma réponse ne s'est pas fait attendre... je lui ai signifié que tout était fini entre nous et que je lui défendais de remettre les pieds chez moi... Malgré ma défense il a essayé deux ou trois fois... je ne l'ai pas reçu... Jamais je ne le recevrai! Sa femme!.. jamais je ne la recevrai, sa femme! Une grisette! le dernier de notre race marié avec une grisette! (Se laissant retomber sur son fauteuil.) Voilà ce qu'il a fait, mon neveu... trouvez-vous maintenant que j'aie tort de lui en vouloir?..

ADRIENNE.

Non, sans doute... ce mariage arrangé par vous... et rompu si brusquement ..

BRIQUEVILLE.

La veille du contrat... pas trois jours avant, pas deux jours, la veille, vous entendez, la veille!

ADRIENNE.

J'entends; mais l'autre, la fille du petit tapissier de rien du tout, il l'aimait?..

BRIQUEVILLE.

S'il l'aimait! je crois bien qu'il l'aimait! Dans cette lettre qu'il m'a écrite et à laquelle j'ai fait la réponse que vous savez, il y avait quatre grandes pages toutes remplies de cet amour : qu'il l'adorait, qu'il en était fou, qu'il ne saurait vivre sans elle. (Très-vivement). Etaient-ce là des raisons pour aller, la veille d'un contrat?..

ADRIENNE.

Non, sans doute, mais vous savez, nous autres femmes, dès qu'il y a de l'amour, nous sommes tout de suite moins sévères... cependant je conviens que votre neveu vous a offensé, et je comprends que vous soyez en colère contre lui...

BRIQUEVILLE, gaiement.

Ah! bah! qu'il aille au diable avec sa tapissière! je ne leur demande qu'une chose maintenant, c'est de me laisser tranquille... ne parlons plus de mon neveu... et, si vous le voulez, revenons à d'Artagnan...

ADRIENNE.

Je veux bien.

BRIQUEVILLE, se renfonçant dans son fauteuil.

Là.... (A demi-voix.) « Resté seul avec madame Bonacieux.... »

ADRIENNE, reprenant.

« D'Artagnan resté seul avec madame Bonacieux se retourna vers elle, la pauvre femme était renversée dans un fauteuil.... »

Entre madame Lebreton par le fond.

SCÈNE V

BRIQUEVILLE, ADRIENNE, MADAME LEBRETON. *

MADAME LEBRETON.

Monsieur...

* Briqueville, Adrienne, madame Lebreton.

BRIQUEVILLE.

Hein ? quoi.... qu'est-ce que c'est?

MADAME LEBRETON.

Il y a là quelqu'un....

BRIQUEVILLE.

Qui ça, quelqu'un...

MADAME LEBRETON.

Quelqu'un qui arrive de Paris...

BRIQUEVILLE.

De Paris?.

MADAME LEBRETON.

Oui, monsieur...

BRIQUEVILLE.

A qui en avez-vous avec ces airs mystérieux?.. voyons,
parlez... il a un nom ce quelqu'un ?

MADAME LEBRETON.

Certainement il a un nom, mais...

BRIQUEVILLE, se levant.

J'aime à croire que ce n'est pas?..

MADAME LEBRETON.

Eh bien si, justement c'est...

BRIQUEVILLE.

Noël !...

MADAME LEBRETON.

Oui monsieur ; c'est monsieur Noël, votre neveu ; il
est là...

BRIQUEVILLE.

Il est là?..

MADAME LEBRETON.

Oui, et il attend...

BRIQUEVILLE, allant à madame Lebreton.

Eh bien, dites-lui de ne pas attendre davantage et de s'en

____

* Adrienne, Briqueville, madame Lebreton.

retourner par le premier train. Dites-lui cela de ma part, et faites en sorte que l'on ne me dérange plus. (Il retourne vers son fauteuil en passant derrière la chaise d'Adrienne. Madame Lebreton reste au fond près de la porte. — A Adrienne.) Reprenons. Voulez-vous?

ADRIENNE. *

Non; vous seriez maintenant incapable d'écouter, et je serais, moi, incapable de lire...

BRIQUEVILLE.

Ah!

ADRIENNE, fermant le livre.

Tout à fait incapable...

Elle se lève.

BRIQUEVILLE.

Qu'est-ce que cela veut dire?.. vous prenez son parti contre moi...

ADRIENNE, descendant en scène.

Pas du tout... pas du tout... je ne prends pas du tout... je vous demande pardon, je sens bien que je n'aurais dû rien dire... mais, en vous entendant chasser ainsi, avec des paroles si dures, un neveu, votre seul parent, que vous avouez vous-même avoir si tendrement aimé, il ne doit pas vous paraître extraordinaire que, malgré moi... Encore une fois, monsieur, je vous demande pardon, je vous demande bien pardon...

BRIQUEVILLE, venant à Adrienne.

A quoi bon le recevoir, puisque je suis décidé à ne pas faire ce qu'il vient me demander?.. il ne me poursuivrait pas de la sorte, s'il savait combien cela est inutile...

Madame Lebreton, pendant ces répliques, passe à gauche et va s'appuyer sur le dossier du fauteuil de Briqueville.

ADRIENNE. **

Il a tort, mais peut-être croit-il avoir à vous donner des raisons qui pourraient....

* Briqueville, Adrienne, madame Lebreton.
** Madame Lebreton, Briqueville, Adrienne.

BRIQUEVILLE.

Des raisons!.. après ce que je vous ai dit, vous admettez, vous, qu'il puisse y avoir des raisons?..

ADRIENNE.

Pas moi, mais lui...

BRIQUEVILLE.

Nous étions si tranquilles... si heureux... vous voilà triste maintenant... et moi je suis tout... si je le recevais, ce serait pour en finir une bonne fois, pour lui ôter toute envie de revenir et pour le prier de ne plus me tourmenter ainsi...

ADRIENNE, tristement.

Recevez-le donc pour cela..

BRIQUEVILLE.

Vous le voulez alors?..

ADRIENNE.

Moi... mais je n'ai pas à vouloir...

BRIQUEVILLE.

Dites-moi que vous le voulez et, à cause de vous, je le recevrai.

ADRIENNE.

A cause de moi?

BRIQUEVILLE.

Vous le voulez?

ADRIENNE.

Je vous en prie...

BRIQUEVILLE.

Dites que vous le voulez?

ADRIENNE.

Je ne puis vraiment pas... n'est-ce pas, ma tante?..

MADAME LEBRETON, descendant en scène et venant à Briqueville.

Eh, dis-le donc, ma nièce... je le dirais tout de suite, moi, si cela devait produire le même effet...

BRIQUEVILLE, à madame Lebreton.

Ça ne produirait pas le même effet. (A Adrienne.) Eh bien?...

ADRIENNE.

Eh bien soit... je le veux...

BRIQUEVILLE.

Il suffit. (A madame Lebreton.) Dites-lui de venir...

MADAME LEBRETON.

Que de façons, mon Dieu, pour faire une chose dont vous mourez d'envie!..

Elle sort par le fond.

BRIQUEVILLE. *

Quant à cela non, par exemple... votre tante se trompe... je ne l'ai fait que parce que vous me l'avez demandé; et, à dire le vrai, j'aimerais tout autant que vous m'eussiez demandé autre chose.

Entrent Noël et madame Lebreton par le fond.

SCÈNE VI

ADRIENNE, BRIQUEVILLE, NOEL, MADAME LEBRETON.

NOEL.

Mon cher oncle...

BRIQUEVILLE, s'en allant à gauche. **

Je vous souhaite le bonjour, monsieur...

MADAME LEBRETON, à Noël, montrant Adrienne.

C'est ma nièce, monsieur Noël, ma petite Adrienne...

NOEL.

La fille de votre frère, de votre frère qui était horloger...

* Briqueville, Adrienne.
** Briqueville, Noël, madame Lebreton, Adrienne.

MADAME LEBRETON.

Oui... et qui est allé s'établir...

NOEL.

En Amérique...

MADAME LEBRETON.

Eh oui... (A Briqueville.) Vous voyez, lui, il connaît très-bien. (A Noël.) Elle est gentille, pas vrai...

NOEL.

Certainement, ma bonne madame Lebreton, certainement.

Adrienne a parlé bas à madame Lebreton.

MADAME LEBRETON.

Tiens, c'est juste, je n'y pensais pas... Vous êtes parti de Paris ce matin, monsieur Noël; ma nièce me dit de vous demander si vous avez déjeuné pendant la route.

NOEL.

Non, je n'ai pas... (Mouvement d'impatience de Briqueville.) mais ça ne fait rien...

MADAME LEBRETON.

Comment ça ne fait rien... ça fait beaucoup, au contraire... je m'en vais vous faire apporter une aile de volaille.

BRIQUEVILLE.

Ah çà, mais...

MADAME LEBRETON, imitant Adrienne.

Je le veux... (A Adrienne.) Viens-tu, ma nièce?

Elle sort par le fond.

ADRIENNE.

Je viens, ma tante. (Saluant Noël.) Monsieur.

NOEL, saluant.

Mademoiselle.

Adrienne sort également par le fond.

SCÈNE VII

NOEL, BRIQUEVILLE, puis MADAME LEBRETON. *

BRIQUEVILLE.

Eh bien, monsieur?...

NOEL.

Eh bien,.mon oncle, il s'agit de cette chasse..

BRIQUEVILLE.

Hein?

NOEL.

Il s'agit de cette chasse que nous avons louée tous les deux...

BRIQUEVILLE.

Ah! c'est de cela qu'il s'agit?

NOEL.

Oui, j'ai reçu les réclamations des voisins pour les dégâts... vous savez, ils ont la mauvaise habitude de réclamer, les voisins...

BRIQUEVILLE.

Eh bien, il faut payer...

NOEL.

Certainement il faut payer, mais c'est que, cette année, les réclamations m'ont paru un peu exagérées; d'ordinaire nous en étions quittes pour deux ou trois mille francs; cette fois-ci on nous en réclame quatorze mille.

BRIQUEVILLE.

Eh bien, il faut vérifier.

NOEL.

Certainement, il faut...

Entre par la gauche madame Lebreton avec un domestique portant le déjeu- ner; il y a sur le plateau une bouteille de vin couchée dans un petit panier; le domestique dépose le plateau sur la table et sort immédiatement par la gauche.

* Briqueville, Noël.

MADAME LEBRETON. [*]

Voici votre déjeuner, monsieur Noël. (Elle arrange l'assiette, le verre, la bouteille, etc.) Là... et quant au dessert vous en aurez, j'ai dit à ma nièce que vous aimiez les fraises; elle est allée, elle-même, vous en cueillir dans le jardin...

Noël est allé déposer son chapeau sur une chaise au fond à droite.

BRIQUEVILLE, inquiet.

Dans le jardin, en plein soleil!.. au risque d'attraper...

NOEL, également inquiet.

Elle a eu tort.

MADAME LEBRETON.

N'ayez pas peur, elle s'est mis sur la tête un grand chapeau de paille... un grand, grand chapeau...

BRIQUEVILLE ET NOEL se rapprochant en même temps de la table.

(Ensemble.) A la bonne heure.

Ils se trouvent nez à nez, chacun d'un côté de la table. Moment de silence. Noël s'assied à la table. Madame Lebreton, avec des précautions infinies verse du vin dans le verre de Noël.

MADAME LEBRETON, à Noël.

Elle est gentille, n'est-ce pas, ma nièce?

Elle sort. Briqueville s'approche de la table et, pendant que Noël commence à déjeuner, Briqueville regarde la bouteille, soulève le panier... C'est de son meilleur vin... Regard furieux jeté vers la porte par laquelle est sortie madame Lebreton. Briqueville redescend en scène, en passant derrière Noël.

NOEL.

Vous aviez parfaitement raison, mon oncle, il faut vérifier... mais pour vérifier j'avais besoin du bail, j'avais surtout besoin du périmètre de la chasse qui était annexé au bail... J'ai cherché ces papiers et, ne les ayant pas trouvés chez moi, j'ai pensé qu'ils devaient être chez vous.

BRIQUEVILLE. [**]

Cela est possible... Je crois en effet les avoir, et je te les ferai donner... C'est tout ce que tu as à me dire?

---

[*] Briqueville, madame Lebreton, Noël.
[**] Noël, Briqueville.

NOEL, cessant de déjeuner, mais restant assis.

Non, mon oncle, ce n'est pas tout.

BRIQUEVILLE.

Ah !

NOEL.

J'ai à vous dire encore que vous n'êtes pas juste et que vous avez tort de m'en vouloir autant, car, après tout, c'est un peu de votre faute ce qui est arrivé.....

BRIQUEVILLE.

De ma faute?..

NOEL.

Eh oui, si vous n'aviez pas, vous, pensé à me faire faire le premier mariage, jamais sans doute je n'aurais, moi, pensé à faire le second...

BRIQUEVILLE.

Es-tu venu chez moi pour te moquer?...

NOEL.

Non, mon oncle, non, je vous assure... Je vous dis les choses comme elles sont... J'étais tout à fait décidé à épouser la personne que vous aviez choisie pour moi... Ç'a été ça le malheur... car si je n'y avais pas été décidé, je ne me serais pas occupé des quelques changements qu'il était indispensable de faire subir à mon ameublement de garçon, et si je ne m'étais pas occupé de ces quelques changements, l'idée ne me serait pas venue d'entrer chez un tapissier....

BRIQUEVILLE, ironique.

Un tapissier !...

NOEL.

Naturellement, puisqu'il s'agissait de...

BRIQUEVILLE, passant à gauche. *

Un petit tapissier !..

NOEL, toujours assis.

Ce n'était pas un tapissier considérable, mais il avait de

* Briqueville, Noël.

belles choses... Je vis chez lui une étoffe qui me parut jolie, et j'entrai dans son magasin.

BRIQUEVILLE, allant tomber sur son fauteuil.

Dans sa boutique!

NOEL.

Dans sa boutique, si vous aimez mieux... et de sa boutique, je passai dans son arrière-boutique pour regarder un meuble dont il m'avait parlé... (Rapprochant sa chaise du fauteuil de Briqueville.) J'y étais depuis cinq minutes dans l'arrière-boutique, quand une petite porte s'ouvrit, et elle **entra**...

BRIQUEVILLE.

Elle?

NOEL.

Oui, elle!

Entre par le fond Adrienne avec un grand chapeau de paille, elle apporte des fraises dans un petit panier. [*]

SCÈNE VIII

Les Mêmes, ADRIENNE.

ADRIENNE.

J'apporte les fraises, mais il faudra un peu attendre. (Elle dépose son panier de fraises sur la petite table de droite ; elle ôte son chapeau de paille, puis, après avoir un peu relevé ses manches, elle se met à éplucher ses fraises et à les arranger sur une assiette, sans avoir l'air de prendre garde à Briqueville et à Noël.)

NOEL.

Elle entra... et dès qu'elle eut paru, je sentis naître dans mon âme une inquiétude, un désir constant, irrésistible de la voir, de l'entendre, de me trouver auprès d'elle, de lui parler, de me rendre agréable à ses **yeux**, de...

---

[*] Briqueville, Noël, Adrienne.

BRIQUEVILLE.

Tudieu, quel coup de foudre!...

NOEL.

Elle était si jolie.

BRIQUEVILLE, bas en montrant Adrienne.

Tu vas me faire croire peut-être qu'elle était mieux que...

NOEL, regardant Adrienne.; un temps.

Mieux, non... Je ne veux pas mentir... elle n'était pas mieux....

BRIQUEVILLE.

Ni même aussi bien, j'en suis sûr?..

NOEL.

Ah! si, par exemple, elle était tout aussi bien, je vous assure. (Briqueville, sans prêter aucune attention aux paroles de Noël, continue à regarder Adrienne qui continue à arranger ses fraises.) Elle a un sourire, voyez-vous, mon oncle, un sourire tout rempli de malice et en même temps tout rempli de bonté... C'est très-rare cela... Je défierais l'homme le plus insensible de voir ce sourire, et de ne pas en devenir tout de suite amoureux... Ses moindres mouvements ont de la grâce ; il y a dans toute sa personne un charme auquel il est impossible de résister... Il est vrai que je n'essayai guère, et je m'avouai vaincu, dès l'instant où elle se montra. A peine cependant, le jour de notre première rencontre, lui adressai-je quelques paroles, mais je revins, je la revis, et chaque fois elle me parut plus belle et plus digne d'être adorée... Il n'y eut plus alors pour moi d'autre joie que de l'aimer, d'autre terreur que de ne pas être aimé d'elle... Je lui en parlai... devant son père, elle me répondit et je tombai à ses piéds... Jusque-là l'idée d'épouser une personne pour laquelle je ne me sentais pas d'amour m'avait paru toute simple, èt la plus ordinaire du monde ; le jour où j'aimai, cette idée qui m'avait paru toute simple me parut monstrueuse, je brisai ce mariage auquel vous aviez pensé pour moi, je rompis avec cette famille dans laquelle j'avais été sur le point d'entrer, je rompis brusquement, brutalement, reprenant ma parole... Je me rendis bien compte de l'énormité de ma conduite, de la colère dans laquelle j'allais vous mettre et de la peine que j'allais vous causer, mais il me semblait que la femme que j'épousais n'aurait qu'à se montrer pour que tout le monde me pardonnât, qu'elle n'aurait qu'à vous dire un mot pour que votre tendresse me fût rendue... C'était là ma seule défense et la seule excuse que j'invoquai, jamais je ne vous dis autre chose que ce que je viens vous dire aujourd'hui... Consentez à la voir... je ne vous demande que cela... Consentez à lu voir ! le voulez-vous?....

BRIQUEVILLE.

Non, je ne la verrai pas...

NOEL.

Mon oncle...

Adrienne, son assiette de fraises à la main, s'approche très-lentement de la table.

BRIQUEVILLE, se levant.

Je ne la verrai pas. Je te demande pardon, mon garçon, je n'ai pas très-bien écouté tout ce que tu m'as dit... j'aurais écouté que tu n'y aurais pas gagné grand'chose ; mon parti était pris. Tu m'as cruellement offensé. Tu as offensé plus cruellement encore des gens que j'aimais... et la femme qu'il t'a plu de choisir, a été de moitié dans l'offense. Jamais je ne pardonnerai... ni à elle ni à toi...

NOEL.

C'est votre dernier mot, mon oncle ?

BRIQUEVILLE.

Oui, c'est mon dernier mot.

ADRIENNE, qui est arrivée tout près de la table.

Voici vos fraises, monsieur Noël.

NOEL.

Merci, ma pauvre enfant, mais je ne suis guère en train, je crains de ne pas faire grand honneur...

ADRIENNE.

Bah ! mangez-les toujours.

BRIQUEVILLE, avec un peu d'impatience.

Allons. C'est bien! il les mangera, ou il ne les mangera
pas. (Adrienne s'en va à droite reprendre son chapeau et son panier. A Noël.)
Nous nous sommes dit, je crois, tout ce que nous avions à
nous dire... cette histoire de réclamations pour la chasse, ce
n'était qu'un prétexte, je suppose?

NOEL.

Pas du tout, c'était sérieux...

BRIQUEVILLE.

Ah ! je vais alors te faire donner les papiers. (Allant vers
Adrienne qui allait sortir.) Je vous en prie, ayez la bonté de m'envoyer
votre tante *...

ADRIENNE.

Oui, monsieur... oui... je vais vous l'envoyer.

> Elle sort par le fond. — Moment de silence. — Briqueville regarde Adrienne
> qui s'éloigne. — Noël, du bont des doigts, machinalement, prend quel-
> ques fraises dans l'assiette.

SCÉNE IX

BRIQUEVILLE, NOEL.

NOEL. **

Il y a longtemps qu'elle est ici, la nièce de madame Lebreton ?..

BRIQUEVILLE.

Il y a quinze jours...

NOEL.

C'est une charmante personne...

---

* Noël, Briqueville, Adrienne.
** Noël, Briqueville.

BRIQUEVILLE.

Assurément.

NOEL.

Gracieuse autant que l'on peut l'être... aimable...

BRIQUEVILLE.

Tout à fait aimable.

NOEL.

Je ne l'ai vue que pendant peu d'instants, mais elle m'a semblé fort au-dessus de son état...

BRIQUEVILLE, s'animant.

Je crois bien qu'elle est au-dessus... il n'y a pas dans le monde de rang qu'elle ne pût tenir et bien des filles de duchesse seraient heureuses de lui ressembler...

NOEL, souriant.

Je pense tout comme vous...

BRIQUEVILLE.

Tu penserais autrement que ça n'y changerait rien...

NOEL, se levant et allant à Briqueville.

Et malgré cela, selon vous, si un honnête homme devenait amoureux d'elle, il aurait tort de l'épouser parce qu'elle est la fille d'un horloger...

BRIQUEVILLE.

Ah ! nous y revenons !

NOEL.

Non, mon oncle, non... pas du tout...

BRIQUEVILLE.

Mais pourquoi ne vient-elle pas, cette madame Lebreton ?.. (Il va tirer à droite un cordon de sonnette, puis revenant brusquement à Noël.) Ce n'est pas la même chose d'abord, un horloger n'est pas...

Entre madame Lebreton par la gauche. Elle est suivie du domestique qui débarrasse la table et emporte le plateau.

SCÈNE X

NOEL, BRIQUEVILLE, MADAME LEBRETON.

BRIQUEVILLE. *

Vous voilà à la fin... vous avez la clef du secrétaire qui est dans ma chambre, du grand secrétaire ?

MADAME LEBRETON.

Oui, monsieur...

BRIQUEVILLE.

Donnez-la lui. (Pendant que madame Lebreton cherche la clef et la donne à Noël.) Que faisiez-vous donc, il y a un quart d'heure que je vous attends ?

MADAME LEBRETON.

Pardonnez-moi, monsieur, c'est que pendant que ma nièce était ici avec vous, on a apporté une lettre pour elle...

Elle remet la clef à Noël qui se dirige lentement vers la porte de droite.

BRIQUEVILLE.

Une lettre...

MADAME LEBRETON.

Oui, monsieur,... ma nièce est obligée de partir, de partir tout de suite... Vous comprenez quand elle m'a annoncé cela...

BRIQUEVILLE.

Partir !..

MADAME LEBRETON.

Oui, monsieur, et tout de suite encore.

BRIQUEVILLE.

Partir !.. (A Noël.) Eh bien, qu'est-ce que tu fais là, toi ?.. (Le poussant presque dehors.) Tu as la clef du secrétaire... au pre-

* Noël, madame Lebreton, Briqueville.

mier, chez moi, dans le tiroir de gauche... tu trouveras le bail, tu trouveras tout ce qu'il te faudra....

NOEL.

C'est bien, mon oncle, c'est bien!...

Il sort par la droite.

SCÈNE XI

BRIQUEVILLE, MADAME LEBRETON.

BRIQUEVILLE, ne se contenant plus.[*]

Venez un peu ici, vous... qu'est-ce que vous avez dit?..

MADAME LEBRETON.

Monsieur!.

BRIQUEVILLE.

Qu'est-ce que vous avez dit?..

MADAME LEBRETON.

Que ma nièce allait partir...

BRIQUEVILLE.

Et pourquoi partir?.. pourquoi?...

MADAME LEBRETON.

Mais parce que... cette famille américaine avec laquelle Adrienne est venue en France... vous savez... eh bien.. cette famille est sur le point de retourner dans son pays... alors ma nièce est bien obligée... si elle tient à conserver sa place... il y a quinze jours déjà qu'elle est ici... elle n'eût sans doute pas demandé mieux que d'y rester plus longtemps, mais c'est impossible.... puisque cette famille américaine..

BRIQUEVILLE.

Elle s'en va comme cela, sans me dire un mot...

[*] Madame Lebreton, Briqueville.

MADAME LEBRETON.

Oh! que non, monsieur, elle m'a dit qu'elle viendrait tout à l'heure vous adresser ses adieux...

BRIQUEVILLE, éperdu, presque fou.

Je n'ai que faire de ses adieux! elle ne partira pas!..

MADAME LEBRETON, effrayée.

Monsieur...

BRIQUEVILLE.

Elle ne partira pas, je vous dis, parce que je ne veux pas qu'elle parte, parce que je le défends!..

MADAME LEBRETON.

Monsieur... au nom du ciel... qu'est-ce que vous avez?..

BRIQUEVILLE.

Ce que j'ai?

MADAME LEBRETON.

Oui...

BRIQUEVILLE, parvenant à se calmer.

Ce n'est rien... je vous demande pardon... votre nièce doit partir.... c'est bien, elle partira.

Il descend à gauche.

MADAME LEBRETON. *

Mais?

BRIQUEVILLE, à part.

Le diable m'emporte, qu'est-ce qui vient donc de m'arriver, à moi? (En souriant.) Ah! femmes! femmes! on a beau avoir des cheveux blancs... on a beau croire.. qu'on a fini... il suffit de la première fillette... (Se mettant la main sur la poitrine.) Je prenais cela pour de l'affection, moi, et pas du tout... c'était bel et bien en train de devenir... Voyez un peu, si seulement cette petite était restée ici huit jours de plus... heureusement elle va s'en aller... qu'elle parte, madame Lebreton, qu'elle parte; je ne m'oppose pas du tout à son départ!

Entre Adrienne par le fond.

---

* Briqueville, madame Lebreton.

SCÈNE XII

LES MÊMES, ADRIENNE.

BRIQUEVILLE. *

Votre tante vient de m'annoncer que vous étiez obligée de nous quitter aujourd'hui même...

ADRIENNE.

Hélas! oui, monsieur....

BRIQUEVILLE.

Par quel train partez-vous?

ADRIENNE.

Par le train de quatre heures.

BRIQUEVILLE.

Madame Lebreton, vous direz que l'on attèle pour trois heures, et vous ferez placer les bagages de votre nièce...

MADAME LEBRETON.

Oui, monsieur.

Elle sort par le fond.

SCÈNE XIII

BRIQUEVILLE, ADRIENNE.

ADRIENNE, après un temps assez long. **

Je n'ai pas voulu quitter cette maison sans vous remercier de toutes les bontés que vous avez eues pour moi, sans vous dire à quel point je suis fâchée de partir...

BRIQUEVILLE.

A quel point vous êtes fâchée?..

---

* Briqueville, Adrienne, madame Lebreton.

** Briqueville. Adrienne.

ADRIENNE.

Oui..

BRIQUEVILLE.

Je vous suis obligé… croyez bien que moi aussi… de mon côté… certainement… Vous arriverez ce soir à Paris à dix heures?

ADRIENNE.

A dix heures, dix heures et demie…

BRIQUEVILLE.

Et vous remonterez presque aussitôt en chemin de fer, pour aller vous embarquer?..

ADRIENNE.

Je ne sais pas…

BRIQUEVILLE.

C'est probable, puisque dans cette lettre que vous avez reçue on vous recommande de partir d'ici tout de suite… n'est-ce pas? on vous recommande de partir tout de suite?..

ADRIENNE.

Assurément, sans cela….

BRIQUEVILLE.

Sans cela ?..

ADRIENNE.

Je ne serais certes pas partie…

BRIQUEVILLE.

Ah !

ADRIENNE.

J'étais si bien ici… je m'y plaisais tant..

BRIQUEVILLE.

Ah !

ADRIENNE.

On y était si bon pour moi, si doux, si affectueux ; et j'aimais tant les personnes qui m'entouraient…

BRIQUEVILLE.

Votre tante?..

ADRIENNE, un peu étonnée.

Ma tante...

BRIQUEVILLE.

Vous parliez des personnes qui vous aimaient et que vous aimiez... alors moi je vous dis...

ADRIENNE.

Ah ! oui, sans doute, j'aimais bien ma tante, mais vous aussi, je vous aimais bien...

BRIQUEVILLE, se défendant.

Hé ?..

ADRIENNE.

Si je vous offense en disant cela, je vous demande pardon, je le dis parce que c'est la pure vérité...

BRIQUEVILLE.

Vraiment, Adrienne... pendant ces quinze jours que nous venons de passer l'un près de l'autre, vous étiez arrivée à avoir pour moi un peu d'affection...

ADRIENNE.

Un peu d'affection...

BRIQUEVILLE.

Oui...

ADRIENNE.

Je crois bien que j'étais arrivée à avoir... à ce point qu'on eût dit que cette affection avait commencé bien avant le moment où je vous ai vu... et que, depuis longtemps déjà, quelqu'un m'avait habituée à vous aimer... C'est pour cela que je suis triste et que j'ai presque envie de pleurer... j'avais fini par oublier que, d'un moment à l'autre, je serais forcée de partir... quand on se trouve bien quelque part, vous savez... il me semblait que cela devait durer toujours, et que notre existence, à tous les deux, continuerait à s'écouler ainsi, (Elle se rapproche de la table.) vous dans votre fauteuil et moi à côté de vous, regardant si rien ne vous manquait, (Avec émotion.) et vous lisant les romans d'Alexandre Dumas....

BRIQUEVILLE, également très-ému.

Les Trois Mousquetaires?

ADRIENNE, même jeu.

Après celui-là je vous en aurais lu un autre.. il y en a encore beaucoup ?

BRIQUEVILLE, même jeu.

Énormément.

ADRIENNE, même jeu.

Je comptais vous les lire tous, et recommencer quand j'aurais eu fini ; mais pas du tout... au lieu de cela, une lettre est venue, on m'attend, et il faut...

BRIQUEVILLE.

Ah !

ADRIENNE.

Ah !

BRIQUEVILLE, de plus eu plus ému, mais finissant par vaincre son émotion.

Je vous regretterai bien, moi aussi...

ADRIENNE, vivement.

Quant à cela, je le crois, j'en suis sûre... Qu'allez-vous devenir quand je ne serai plus là.. quand vous n'aurez plus autour de vous une femme?...

BRIQUEVILLE.

J'ai votre tante...

ADRIENNE.

Ah ! oui, ma tante... je sais bien... mais ce n'est pas la même chose...

BRIQUEVILLE.

Non...

ADRIENNE.

Je voulais dire une jeune femme... parce qu'enfin une jeune femme c'est toujours plus...

BRIQUEVILLE.

Oui.

ADRIENNE.

Si encore... je ne sais pas moi... si encore vous deviez un jour pardonner...

BRIQUEVILLE.

Pardonner?

ADRIENNE.

Oui... à votre neveu.

BRIQUEVILLE, avec colère.

Ne me parlez pas de mon neveu...

ADRIENNE.

Sa femme est une jeune femme... elle viendrait ici, et alors...

BRIQUEVILLE.

Ne me parlez pas de sa femme. Elle ici. Chez moi! si elle osait y venir, je la..

Mouvement très-violent. Il prend le livre et le jette avec fureur sur la table.

ADRIENNE.

Ah!

Elle fait quelques pas vers la porte.

BRIQUEVILLE.

Eh bien... où allez-vous?..

ADRIENNE, au fond de la scène, près de la porte.

Je m'en vais.. je pars....

BRIQUEVILLE, après un temps.

Pourquoi partir?

ADRIENNE, redescendant vers Briqueville.

Hein?

BRIQUEVILLE.

Pourquoi partir, je vous dis?..

ADRIENNE.

Le moyen de faire autrement?

BRIQUEVILLE.

Il est bien simple le moyen : vous prenez une plume, de

l'encre, une feuille de papier. (Il va prendre tout cela sur le petit guéridon de gauche, l'apporte sur la table du milieu et tend la plume à Adrienne.) et vous répondez à cette famille américaine que vous ne partez pas...

ADRIENNE, allant très-lentement s'asseoir à la table.

C'est on ne peut plus simple...

BRIQUEVILLE, il passe à droite.

On ne peut plus simple.

ADRIENNE, assise. *

Et après?

BRIQUEVILLE.

Après?

ADRIENNE.

Oui...

BRIQUEVILLE.

Eh bien, après, vous resterez ici...

ADRIENNE.

Et qu'est-ce que je ferai ici?..

BRIQUEVILLE.

Ce que vous y faites depuis quinze jours...

ADRIENNE.

Vous dans le fauteuil, moi près du fauteuil?

BRIQUEVILLE.

Oui.

ADRIENNE, se levant et descendant en scène.

Hum!

BRIQUEVILLE, pressant.

Mais tout à l'heure vous disiez...

ADRIENNE, sérieuse.

Je disais tout à l'heure que j'avais, pendant un instant, oublié qu'une telle existence était impossible... elle l'est en effet...

* Adrienne, Briqueville.

BRIQUEVILLE.

Pourquoi impossible?.. pourquoi?

ADRIENNE.

Mais... parce que...

BRIQUEVILLE.

Parce que, quoi? qu'est-ce qu'elle vous donnait, (Avec colère.) votre famille américaine?.. je vous donnerai le double, moi... je vous donnerai le triple; je vous donnerai ce que vous voudrez...

ADRIENNE, riant.

Toujours pour vous lire?

BRIQUEVILLE.

Eh oui...

ADRIENNE.

La place ne serait pas mauvaise... elle n'aurait qu'un tout petit défaut qui serait d'être légèrement compromettante.

BRIQUEVILLE.

Oh!...

ADRIENNE.

Vraiment, vous ne trouvez pas qu'elle serait un peu?..

BRIQUEVILLE.

A l'âge que j'ai...

ADRIENNE, gaiement.

Mais!... Non.. vous avez beau dire.... une jeune personne... comme ça, près de vous qui êtes seul. (Sérieuse.) Ah! si vous n'étiez pas seul...

BRIQUEVILLE.

Si je n'étais pas....

ADRIENNE.

Sans doute... ah! si vous aviez avec vous des parents... des parents mariés... votre neveu, par exemple, avec sa femme... alors je pourrais très-bien...

BRIQUEVILLE.

Encore une fois ne me parlez pas de... C'est lui qui nous

a porté malheur... cette lettre qui vous force à partir, qui vous éloigne de moi... elle est arrivée en même temps que lui, cette lettre. (Mouvement d'Adrienne.) Ce n'est pas sa faute soit, mais je lui en veux tout autant que si c'était sa faute...

ADRIENNE.

Cependant... si je vous disais...

BRIQUEVILLE, l'arrêtant.

Je vous en prie.

Silence.

ADRIENNE, très-émue.

Il faut donc que je parte, car c'était là la seule manière... et vous ne voulez pas... je ne sais ce qui arrivera plus tard... j'espére encore... mais ce qui est sûr, c'est que pour le moment, il faut.. (Petite crise de larmes.) et j'en suis bien fâchée, vraiment bien fâchée.

Elle va tomber assise près de la table.

BRIQUEVILLE, bouleversé.

Adrienne !...

ADRIENNE, se remettant.

Je vous demande pardon... là... c'est fini... (En souriant.) Vous voyez, c'est fini, je ne pleure plus.

BRIQUEVILLE.

Adrienne...

ADRIENNE, elle se lève.

Monsieur...

BRIQUEVILLE.

C'est bien vrai, n'est-ce pas ? s'il y avait un moyen... pas celui dont je parlais tout à l'heure, mais un autre... un bon .. c'est bien vrai que vous consentiriez à ne pas partir... et que vous resteriez ici... près de moi... toujours... et que vous seriez heureuse d'y rester ?...

ADRIENNE, avec élan.

Oh! oui, c'est vrai... je vous le dis du plus profond de mon cœur...

BRIQUEVILLE.

C'est bien, **vous** ne partirez pas !..

ADRIENNE.

Je ne ?...

BRIQUEVILLE.

Non, vous ne partirez pas !.. non ! non !..

ADRIENNE.

Mais... comment?

BRIQUEVILLE.

Je l'ai trouvé, le moyen...

ADRIENNE.

Et c'est ?...

BRIQUEVILLE.

De faire de **vous ma femme** !..

ADRIENNE, suffoquée.

Ah !...

BRIQUEVILLE.

C'est ce que je fais... je m'en vais parler à votre tante...

Entre Noël par la droite avec une liasse de papiers à la main.

SCÈNE XIV

LES MÊMES, NOEL.

BRIQUEVILLE. *

Viens ici, toi... n'aie pas peur... tu peux aller chercher ta femme, je la recevrai (Lui sautant au cou.) et je l'embrasserai comme je t'embrasse...

NOEL, abasourdi.

Mon oncle !...

BRIQUEVILLE.

C'est toi qui avais raison... je le sens bien maintenant !...

* Adrienne, Briqueville, Noël.

Qu'est-ce que ça fait que l'on soit la fille d'un tapissier... ou
la fille d'un horloger?... ça ne fait rien du tout... Va chercher ta femme... qu'elle vienne... nous vivrons ici tous les
quatre...

NOEL.

Tous les?

BRIQUEVILLE.

Oui, tous les quatre. (A Adrienne qui commence seulement à se remettre.) Je vais parler à votre tante et je reviens, je reviens
tout de suite.

Il sort par le fond.

SCÈNE XV

ADRIENNE, NOEL.

ADRIENNE, * répondant à un regard stupéfait de son mari.
Emmène-moi... allons-nous en d'ici... Emmène-moi tout
de suite...

NOEL.
Que se passe-t-il, voyons?

ADRIENNE.
Il veut m'épouser!...

NOEL.
Hein!...

ADRIENNE.
Il veut m'épouser !... Voilà où notre belle idée nous a con-
duits! certainement, en lui annonçant mon départ, j'espérais
bien un peu que ce départ lui causerait quelque chagrin
et je comptais me servir de ce chagrin pour l'amener tout
doucement à faire ce que nous voulions.... mais est-ce que
je pouvais supposer qu'au lieu de passer par le petit chemin

* Adrienne, Noël.

que je lui avais tracé d'avance, il s'aviserait lui?... Qu'est-ce
donc que les hommes, mon Dieu, pour qu'on ne puisse pas
être gentille avec eux et leur dire un peu qu'on les aime...
sans qu'il leur vienne aussitôt une idée mauvaise ou une idée
folle?...

NOEL.

Tous les quatre... je ne comprenais pas pourquoi il disait
que nous allions vivre ici tous les quatre.

ADRIENNE.

Tu comprends maintenant?

NOEL.

Oui...

ADRIENNE.

Emmène-moi, allons-nous-en *...

NOEL.

Nous en aller, nous en aller, nous ne pouvons pourtant pas
nous en aller comme ça... Est-ce qu'il ne vaudrait pas
mieux ?...

ADRIENNE.

Quoi?

NOEL.

Aller trouver mon oncle et lui avouer tout, bravement.

ADRIENNE.

C'est une idée, en effet, mais comment prendra-t-il l'a-
veu?..

NOEL.

Ça, par exemple, je n'en sais rien...

Entre madame Lebreton, par le fond.

* Noël, Adrienne.

SCÈNE XVI

Les Mêmes, MADAME-LEBRETON.

MADAME LEBRETON, très-agitée *.

Ah ! monsieur Noël.., ah ! mademoiselle... ah ! madame, je veux dire...

NOEL ET ADRIENNE.

Eh bien, madame Lebreton, eh bien ?..

MADAME LEBRETON.

Il vient de me demander votre main !..

ADRIENNE.

Nous savons... et après ?..

MADAME LEBRETON.

Après ? il m'a mise à la porte...

NOEL.

Pour la lui avoir refusée ?..

MADAME LEBRETON.

Non pas pour ça...

ADRIENNE.

Pourquoi alors ?..

MADAME LEBRETON.

Pour avoir été votre complice, comme il dit, pour lui avoir laissé croire pendant quinze jours que vous étiez ma nièce.

ADRIENNE.

Mais, il sait donc que je ne la suis pas ?

MADAME LEBRETON.

Oui, il sait maintenant que vous n'êtes pas ma nièce à moi, et que vous êtes sa nièce à lui, la femme de son neveu.

* Noël, madame Lebreton, Adrienne.

NOEL.

Il sait tout alors?..

MADAME LEBRETON.

Absolument.

ADRIENNE.

Et comment sait-il?

MADAME LEBRETON.

Parce que je lui ai dit...

ADRIENNE ET NOEL.

Ah!

MADAME LEBRETON.

Dame... écoutez donc... quand j'ai vu qu'il avait perdu la tête, lui, au point de venir me demander... ça a commencé à me la faire perdre un peu, à moi aussi... je ne savais plus trop ce que je répondais... il s'en est aperçu et s'est mis alors à me presser, à me bourrer de questions... je me suis embrouillée de plus en plus... Pondichéry, Philadelphie, vous savez... j'ai battu la campagne tant et tant, qu'à la fin ne sachant plus comment en sortir, l'idée m'est venue que le meilleur moyen de nous tirer d'affaire, tous les trois, était de tout dire... et j'ai tout dit.

NOEL.

Et quand vous avez eu tout dit?

MADAME LEBRETON.

Quand j'ai eu tout dit?

NOEL.

Oui.

MADAME LEBRETON, en secouant la tête.

Je me suis aperçue tout de suite que j'aurais beaucoup mieux fait de ne rien dire.

ADRIENNE, à Noël.

Tu vois...

MADAME LEBRETON.

Il est d'abord resté là tout pâle, tout tremblant de colère...

ne pouvant parler... et puis, quand la parole lui est revenue...
qu'ils partent... qu'ils sortent de chez moi... tout de suite....
que jamais je ne les revole... allez leur dire.. et quand ils
seront partis, vous aussi vous partirez... les malheureux, s'ê-
tre ainsi joués de moi !..

ADRIENNE.

Il a dit cela ?..

MADAME LEBRETON.

Oui...

NOEL, à Adrienne.

Allons, viens, allons-nous en....

Il remonte un peu.

MADAME LEBRETON.

Je voudrais vous retenir, monsieur Noël,... mais je n'ose
pas... moi, vous comprenez, ça s'arrangera toujours... mais
vous... j'aurais peur vraiment, s'il entrait, s'il vous trouvait
ici...

NOEL.

N'ayez pas peur, nous partons.

ADRIENNE, à madame Lebreton.

Et maintenant, comment est-il ?

MADAME LEBRETON.

Pas bien, pas bien du tout... ce n'est pas votre faute, et
vous l'avez fait le plus innocemment du monde... mais là,
vrai... vous lui avez versé d'un vin un peu trop fort pour sa
pauvre vieille tête ! aussi, quand je l'ai vu dans cet état, au
lieu de gronder ou de me moquer de lui — il le méritait bien
pourtant — je n'ai pas pu y tenir, et je lui ai demandé pardon du mal que nous lui avions fait sans le savoir !... Qu'est-
ce que vous voulez ?... C'était bête comme tout, de sa part,
d'être malheureux, mais enfin, ça avait beau être bête... il
n'en était pas moins très-malheureux.

NOEL, à Adrienne. *

Tu avais raison tout à l'heure... allons-nous-en...

Mouvement de sortie de Noël et d'Adrienne vers la porte du fond. Paraît
Briqueville ; Noël et Adrienne s'arrêtent.

* Madame Lebreton, Noël, Adrienne.

SCÈNE XVII

Les Mêmes, BRIQUEVILLE.

Briqueville regarde Adrienne et Noël pendant un instant, puis il leur fait signe de s'éloigner, de partir.

NOEL. [*]

Nous partons, mon oncle.

> Briqueville descend en scène, va tomber sur la chaise à droite de la table, Adrienne et Noël reprennent leur mouvement de sortie, madame Lebreton remonte du côté de la porte.. Elle dit adieu à Noël et à Adrienne, mais celle-ci, au moment de sortir, s'arrête et, redescendant rapidement, vient se jeter aux genoux de Briqueville.

ADRIENNE [**].

Eh bien, oui, nous partirons... nous partirons tout à l'heure... mais avant je tiens à vous dire comment les choses se sont passées... vous verrez alors si nous sommes aussi coupables que vous croyez... C'était lui... oui, lui qui, sans cesse, me répétait que cela le désolait d'être fâché avec vous, que c'était vous qui l'aviez élevé, que vous étiez tout pour lui, et qu'il ne vivrait pas jusqu'au jour où vous lui auriez pardonné.

NOEL.

C'est vrai, mon oncle ! et j'ajoutais que vous aussi vous deviez être malheureux de ne plus m'avoir près de vous... (Mouvement de Briqueville.) Si fait ! mon oncle, si fait... car je savais quelle affection vous aviez pour moi, et j'étais bien sûr que votre colère, si violente et si légitime qu'elle pût être, ne devait pas vous empêcher de m'aimer encore et de me regretter... quelquefois.

[*] Madame Lebreton, Briqueville, Adrienne, Noël.
[**] Noël, Briqueville, Adrienne, madame Lebreton.

ADRIENNE, toujours à genoux.

Nous avons cherché tous les deux, nous avons cherché s'il n'y aurait pas quelque moyen d'amener un rapprochement... Comme j'étais, moi, l'obstacle et le principal motif de la querelle, la première chose était évidemment de me faire rentrer en grâce et de vous prouver qu'à tout prendre, je n'étais point aussi... inacceptable... que vous sembliez le croire... mais comment vous le prouver? puisque vous refusiez de me voir... C'est alors que l'idée nous est venue d'imaginer un petit roman et nous avons arrangé avec madame Lebreton cette histoire de nièce. (Ici Briqueville se retourne d'un air furieux vers madame Lebreton, celle-ci recule de deux ou trois pas comme si elle avait très-peur.) Je suis arrivée ici chez vous... et, dût cela vous fâcher encore... il faut que j'en convienne, j'y suis arrivée avec l'intention bien arrêtée de faire votre conquête. (Briqueville la regarde.) Je n'ai rien épargné pour cela... je m'étais promis d'être bonne, douce, prévenante et je l'ai été... peut-être même ai-je été un peu coquette... c'est bien sans le vouloir, allez... j'avais tant envie de vous plaire. (En souriant.) Je n'ai pas bien calculé la dose... j'en ai trop mis. (Briqueville la regarde encore et, sur les derniers mots, sourit malgré lui, Adrienne profite de l'instant pour se glisser presque dans les bras de Briqueville. Celui-ci prend les deux mains d'Adrienne et l'embrasse sur le front.)

BRIQUEVILLE, se levant, à Noël.

Allons, viens, toi !

NOEL.

Bien vrai, mon oncle, bien vrai?

BRIQUEVILLE.

Ai-je le droit de t'en vouloir maintenant, puisque moi-même... et cependant... (Noël et Adrienne empêchent Briqueville de continuer.) Mais tu avais raison, ton excuse était là. (Il montre le visage d'Adrienne.) Et c'est là aussi que sera mon excuse, à moi. Si jamais le bruit se répand que j'ai été fou pendant une heure, et, si l'on me le reproche, je dirai : regardez-la !

MADAME LEBRETON.

Et moi, vous me renvoyez toujours....

BRIQUEVILLE *.

Je le devrais... m'avoir ainsi exposé à...

MADAME LEBRETON, bas à Briqueville.

Bah! vous en reviendrez, n'ayez pas peur. C'est le soleil de la Saint-Martin; ça réchauffe, mais ça ne brûle pas.

ADRIENNE, à Briqueville.

Et maintenant, asseyez-vous là, dans votre fauteuil. (Briqueville s'assied; à Noël.) Vous, là. près de votre oncle... (Il s'assied sur une chaise derrière la table entre Briqueville et Adrienne.) Et moi ici. (Elle se replace sur sa chaise et ouvrant le livre.) D'Artagnan...

BRIQUEVILLE, l'interrompant.

Nous y revenons...

ADRIENNE.

Vous êtes bien?

> Madame Lebreton vient s'accouder derrière le fauteuil de Briqueville. **

BRIQUEVILLE, se retrouvant dans son fauteuil comme au lever du rideau.

Oui, je suis bien.....

ADRIENNE.

Tout à fait bien?

BRIQUEVILLE.

Tout à fait, tout à fait...

ADRIENNE.

Je continue alors, et il faut espérer que cette fois... (Reprenant)

* Noël, Adrienne, Briqueville, madame Lebreton.
** Briqueville, madame Lebreton, Noël, Adrienne.

» D'Artagnan resté seul avec mâdame Bonacieux, se retourna
» vers elle. La pauvre femme était renversée sur un fauteuil
« à demi évanouie. D'Artagnan l'examina d'un coup d'œil
» rapide...

Le rideau doit tomber dès que commence la lecture, et Adrienne lit jusqu'à ce
que le rideau soit tombé.)

FIN

F. AUREAU. — IMPRIMERIE DE LAGNY